All I Want for Christmas

Christmas

Lo único que quiero para Navidad

SCHOLASTIC INC.

New York   Toronto   London   Auckland   Sydney
Mexico City   New Delhi   Hong Kong   Buenos Aires

To Nelson, a prayer answered—in any language
—R.G.
To the wonders of diversity
—R.C.M.

ISBN 0-439-61643-3

Text copyright © 2003 by Rebecca Gómez.
Illustrations copyright © 2003 by Roberta Collier-Morales.

12 11 10 9 8 7 6 5 4 3 2 1   3 4 5 6 7 8/0

Printed in the U.S.A.
First printing, November 2003

Christmas is coming!
Charlie is excited.

¡La Navidad se acerca!
Charlie está emocionado.

On Christmas day, Charlie's family will
eat spicy tamales and sweet flan.
Yum!

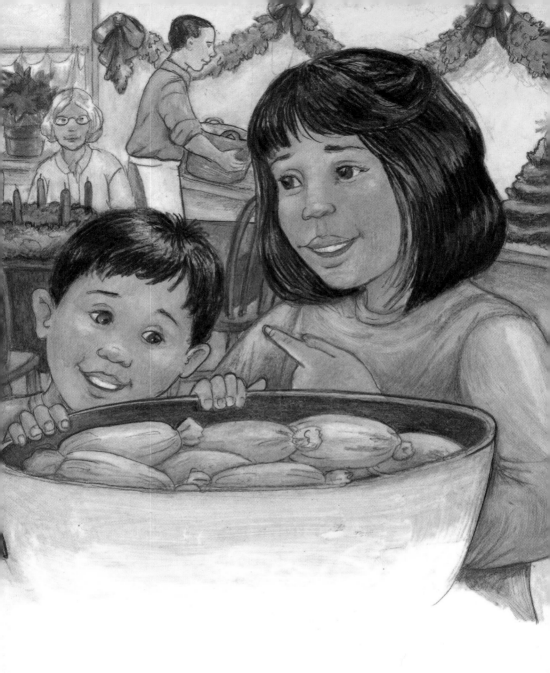

En Navidad, la familia de Charlie comerá
tamales picantes y flan dulce.
¡Qué rico!

There are also presents to open
on Christmas!
El Niño Dios leaves one present for
each person.
Liliana, Luis, Charlie, and Pilar will
each get a present.

¡En Navidad también se abren regalos!
El Niño Dios deja un regalo para cada
persona.
Liliana, Luis, Charlie y Pilar recibirán
un regalo.

Charlie wants only one thing—a watch.
He saw one at the store.
It has a spy camera inside!

Charlie sólo quiere una cosa: un reloj.
Vio uno en la tienda.
¡Tenía una cámara de espía!

"You are too young to have a watch,"
his older brother, Luis, tells Charlie.
Luis wants sneaker skates.
"You're too old for sneaker skates,"
Charlie tells him.

—Eres demasiado pequeño para tener un reloj —le dice su hermano mayor, Luis, a Charlie.
Luis quiere unos zapatos deportivos con ruedas.
—Tú eres demasiado mayor para los zapatos con ruedas —le dice Charlie.

Liliana, their big sister, hears them.
"Careful," she says. "El Niño Dios only
brings presents to good kids."
Liliana is older.
She knows how things work.

Liliana, la hermana mayor, los oye.
—Cuidado —les dice—. El Niño Dios
sólo trae regalos a los niños buenos.
Liliana es mayor.
Ella sabe cómo son las cosas.

The next day, Charlie and Luis
argue some more.
This time, Abuela hears them.
"Brothers shouldn't fight," she says.
"You should work together."

Al día siguiente, Charlie y Luis
vuelven a discutir.
Esta vez los oye la abuela.
—Los hermanos no deben pelearse
—dice—. Deberían trabajar juntos.

Charlie has a good idea.
"Luis," he says, "I will tell Mamá
about your sneaker skates. You tell her
about my watch. Mamá will tell El
Niño Dios."
"Good thinking, Charlie!" says Luis.

Charlie tiene una buena idea.

—Luis —dice—. Le voy a decir a mamá lo de tus zapatos con ruedas. Tú le dices lo de mi reloj. Mamá se lo dirá al Niño Dios.

—¡Buena idea, Charlie! —dice Luis.

Charlie tells Mamá about the sneaker skates.
He hopes Luis tells her about his watch.

Charlie le dice a su mamá lo de los zapatos con ruedas.
Espera que Luis le diga lo de su reloj.

Finally, it is Christmas Eve.
It is time for bed.
The brothers climb into their beds.
Charlie is too excited to sleep.

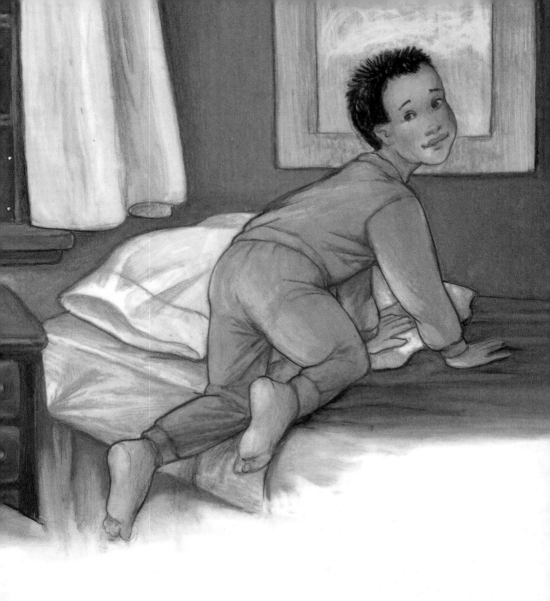

Por fin llega la Nochebuena.
Es hora de ir a la cama.
Los hermanos se suben a sus camas.
Charlie está demasiado nervioso para
dormir.

"Did you tell Mamá about my watch?"
Charlie whispers.
Luis does not answer.
He is fast asleep!

—¿Le dijiste a mamá lo de mi reloj?
—susurra Charlie.
Luis no contesta.
¡Está profundamente dormido!

"Wake up, Carlitos," Mamá says. "El
Niño Dios has been here!"
Luis sees a present on the dresser.
It is just the right size for sneaker
skates.
Luis is happy!

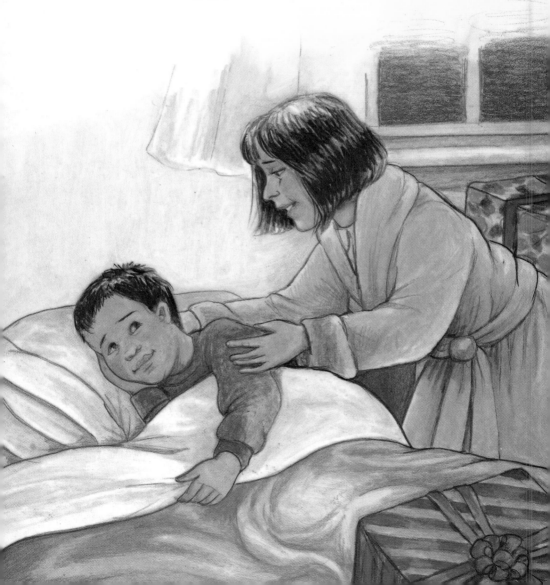

—Despierta, Carlitos —dice mamá—.
¡El Niño Dios ha venido!
Luis ve un regalo sobre la cómoda.
Es justo del tamaño de unos zapatos
con ruedas.
¡Luis está contento!

There is a big box at the end of
Charlie's bed.
He is a little sad.
The box is too big for a watch.

Hay una caja grande al pie
de la cama de Charlie.
Charlie está un poco triste.
La caja es demasiado grande para
ser un reloj.

Mamá, Papá, and Pilar watch Charlie.
He opens the big present.
Inside is a smaller box—a watch-size
box!

Mamá, papá y Pilar observan a Charlie.
Él abre su regalo grande.
Adentro hay una caja más pequeña, ¡del
tamaño de la caja de un reloj!

"What?" he cries.
Mamá and Papá laugh.
"Open it!" they say.
Inside, Charlie finds his watch!

—¿Cómo? —grita.
Mamá y papá se ríen.
—¡Ábrela! —le dicen.
Adentro, ¡Charlie encuentra
su reloj!

"Charlie, what time is it?" Luis asks.
"Time to go back to sleep," Papá says.
"Merry Christmas!" Charlie says.
"Feliz Navidad!" answer Mamá and Papá.

—Charlie, ¿qué hora es? —pregunta Luis.
—Es hora de dormir —dice papá.
—¡Feliz Navidad! —dice Charlie.
—¡Feliz Navidad! —contestan mamá y papá.